愛，是我們共同的語言4

有你的餐桌，就是我們一起享用的片刻時光。

第四屆台灣房屋
親情文學獎作品合集

聯經編輯部　編

序
有你，才好吃

台灣房屋總裁　彭培業

是人總要吃飯，而吃，從不只有攝取熱量或犒賞味蕾這般單純。廣受全球影迷喜愛的日本導演是枝裕和，推出電影《海街日記》後，曾在一段訪問中提及，「食物是很重要的元素，可以連接已經不在的人、跟現在的人。留存在食物裡的記憶，就算眼睛看不見，也可以連同味道一起傳承……」曾幾何時，繁忙的現代生活節奏，讓與家人同坐桌前好好吃飯，成為略帶困難的事；第四屆的親情文學獎，遂以「有你的餐桌」為主題，試圖召喚那些看似微不足道、存於日常、跨越歲月及距離的美味時刻。

本次參賽作品共有八三八篇，呈現了跨世代、跨族群、跨國界的食光滋味，同時亦見到前三屆的得主持續創作，令人由衷感佩。

本屆選出的優勝作品中：

首獎麗度兒・瓦歷斯的〈Tmmyan〉，細膩描繪離開部落棲居城市的年輕人，透過料理一罐由祖母製作、泰雅族特有的醃肉懷念家鄉；二獎蘇志成的〈父親的筷子〉，書寫身為義消的父親，那些忙於救火而缺席餐桌的時刻；三獎May（本名：俞錦梅）的〈雪夜裡的年夜飯〉，則顛覆傳統「家」與「親人」的定義，為自身譜出全新的生命篇章。

而在十二名佳作陳思齊〈禮忌〉、林子瑄〈餐桌到門口的距離〉、畢珍麗〈奶奶哈飯囉〉、洪研竣〈室友〉、鍾邦友〈狗母魚鬆〉、賴瑞玲（愛のMukbang）、陳吟蓮〈等你吃飯〉、毓秀（本名：劉秀玉）〈封菜〉、劉濬維〈外甥吃了我一整年的早餐〉、世民（本名：游世民）〈炒飯ＳＯＰ〉、家庭主婦（本名：鄭淑芬）〈圓桌〉、蔡憲榮〈椅子〉等人的書寫中，我們品嘗到思念、無奈、溫暖、包容、哀傷等滋味的同時，也咀嚼了乍見相異又似曾相識的人情世緣。

十分感謝林佳樺、林楷倫、林德俊、洪愛珠、淩明玉、黃信恩（按筆畫順序）六位初複審委員，在極短的時間內審閱了為數龐大的稿件，以及方梓、許悔之、廖玉蕙、劉克襄、鍾怡雯（按筆畫順序）五位決審委員悉心討論，為我們選出這些感動人心的作品；也感謝聯副與聯經出版公司將這些文章整理付梓，本次亦特別收錄鄺介文〈人齊食飯〉、璐〈看魚〉、温琮斐〈開闔跳〉三篇決審委員推薦的入圍作品。

今晚，何不排除萬難，無須拘泥是下廚烹調、入座餐廳、外帶美食甚或預約外送，與親愛之人坐下來，好好吃頓飯。

目次

附錄

首獎

Tmmyan

麗度兒 · 瓦歷斯

圖／陳佳蕙

得主簡介

麗度兒 · 瓦歷斯，一半泰雅族，一半排灣族，1992年生，在泰雅族部落長大，之後在都市工作生活，夜深人靜的時候，我開始寫部落的故事。

我小心翼翼地從背包裡取出一個塑膠密封罐，紅色蓋子下覆蓋著一層塑膠袋，緊緊地封住罐子裡的風味。透明罐身上映著夢幻般的粉紅與米白，肥瘦相間的豬肉交疊在小小的空間裡，黃色小米粒散落其中，Yaki（祖母）用她的雙手把部落壓縮成一罐 Tmmyan（醃肉），隨我一同來到了都市。

一棟五層樓的老公寓，樓梯扶手貼著紅色塑膠皮，扶手的鐵件有些鏽蝕，手一搭上去就晃，房裡的天花板有壁癌的痕跡，即使房東重新粉刷過也遮不住。在都市的生活出乎意料地簡單，簡單得令人乏味，我像一個被設定好模式的機器人，在固定的時間做固定的事，起床、上下班、睡覺。

週五的夜晚，本就自帶儀式感，我終於有餘裕做一頓晚餐，慢慢且細細地品嘗生活的滋味。那罐藏在冰箱深處的 Tmmyan 發出了信號，只有獨自在異鄉的人接收得到，唾液比身體其他部位更快反應過來，我嚥了一口口水，轉開紅色塑膠蓋，一股淡淡的酸味黏上鼻尖，當我掀開罐口那層塑膠袋後，濃厚的發酵滋味便毫無遮攔地衝上腦門。

Yaki喜歡用半肥半瘦的豬五花肉做Tmmyan，撒上鹽，用她那雙厚實的手掌仔細揉捏，接著拌入煮熟的小米，一層又一層地塞入罐中，十天半個月後便可享用這美味。一般來說，熟成後直接取出食用即可，但我偏愛煸炒過後的焦香。在鍋子裡倒入一點油，加上蒜片和切成小塊的Tmmyan，快速地用大火炒過，小米粒容易焦糊在鍋底，在那之前就可以儘快取出盛盤。

我端著一盤炒醃肉、一碟燙青菜和一碗白飯，走回房抒解我的鄉愁。這時大門傳來鑰匙轉動的聲音，是其他房客回來了，怕生的我加快了步伐，趕在他轉身之前踏上階梯，如此便不必尷尬地對看。我艱難地用一隻手托住餐盤，空出另一隻手拿鑰匙開房門。樓下突然傳來劇烈的咳嗽聲，幾句三字經緊隨其後，我聽見他說：

「幹！足臭欸。」

「香的咧！」我悄聲對著空氣說。

好不容易開了門，走進空蕩蕩的房間，飯菜蒸騰的熱氣環繞而上，小小的租屋處有了部落的味道。我從餐桌上夾起一塊Tmmyan，那隨著時間發酵出的酸鹹滋味，和焦糊小米粒的微苦，此刻嘗起來像眼淚。

評審意見

整個部落被祖母用雙手壓進一罐 Tmmyan。作者背負著它，寄居到城市，當做生活裡懷鄉的食物。

這是多麼迷人的敘述，一併把部落醃肉文化的精髓，生動地描繪出來。

一如不少其他山區的原民部落，泰雅族也善於醃肉，並視此爲傳統美食。食材也因地就宜，透過不同的發酵方式，藉以保存肉類。不僅是重要的主食，還可隨身攜帶。

在部落食用時，一般都是搭配白飯或糯米飯，直接從罐裡取出生食。有時些微火烤，炒食較爲少見。年輕一輩到都市來，有些習慣或改變了，我們才會在文章讀到炒食的場景。

Tmmyan 打開時，散發濃郁的醃肉氣味。一般人聞之生怯，避之唯恐不及，部落青年卻視爲家鄉的美好食材。這一有趣對照，自然生動地烘托而出。——劉克襄

得獎感言

謝謝所有我愛的人和愛我的人，這些愛意都一一化作生活中微不可見的光點，在我寂寞的時候匯聚成一團力量支撐著我。我想和很多、很多人分享Tmmyan，那是在我從小生長的部落中，主人家最豐盛的招待。

二獎

父親的筷子

蘇志成

圖／喜花如

得主簡介

國貿人，因工作需要，過去時常往返兩岸三地。
102 年兒子出生後，家裡的大少爺換人做，昔日紈絝、終日等人奉待的土阿舍，已然降職為人父。
時光荏苒，養兒十年，跌跌撞撞、挺肚揮汗，終錘鍊成「天下武功，為父都會」的鋼鐵奶爸。奶爸心弦為子解嚴，情感如同野馬脫韁，於是開始記錄生活，藉文字拭淚，一拭，成癮。

除夕夜，媽終於卸下圍裙，入座填滿圓桌。一家人盯著豐盛熱鬧的年菜，就等大家長先下筷子，一年的團圓大戲，即將開場。

可是爸卻突然丟下手中筷子，跑了。

「在撞鐘！」媽說。

我問大家，都說沒聽到。但爸的耳朵，似乎沒在餐桌上，分心到幾條街外，飄來鏜鏜……已經音細如絲的召集警鐘。

爸忘記幫家人開飯，幾個箭步，拎起掛在中庭的消防衣帽與長筒靴，一路紮衣扣釦，踉蹌跑出家門。

我看著爸那雙沒沾上油的鐵筷，從碗上跌落桌面，再從桌面滾落地面，像兩支鼓鍾在地板，敲響我心中的另一顆警鐘，怦怦作響。

表情像家常便飯，手卻微微顫抖的媽，拾起地上筷子，不急不怒，先默念平安，再替爸喊聲開動。

那一年，爸打火回來，鼻臉還留著幾抹碳黑，一個人曲背在也已熄火的圓桌前，大口扒著媽重溫的飯菜。我拉近椅子與爸貼坐，烤著他身上帶回的火場餘熱取暖。老弟、老妹見狀也加入，一家人，又靠在一起，開心慶祝大年夜回歸平安靜好。餐桌上，我們守著默默吃飯的父親，父親幫我們與小鎮守著，每一個秒針越過的歲月。

我問爸，身為裁縫師傅，火災時，又要手握消防水柱化身義消救火，不累嗎？當下我納悶，沒有聽到預料中行善、助人等，大義凜然的教科書答案。爸只是啜著熱湯，隨口一句：「興趣啦！」

後來，三十年了，爸那一身打火的行頭，已經在牆上掛出印子，成為家人，反倒是我們受了一點小傷，卻找不出自家的急救包在哪裡？

我的父親，成了共享模式。警鐘一響，他會忘了自己是個有家室的人，奔向未知的險境，去顧別人家。爸在時，我不明白，直到告別式那天，鄉親蜂擁而來，有人鞠躬致哀，有人舉手敬禮，我才讀到我平凡的老爸，拋開剪刀變裝後，另一個側寫。

爸剛離開的第一個除夕夜，小鎮依然爆竹四起、煙火連天。只是餐桌前，少了一個老兵，皺著眉心，持筷警戒著每一聲炮響在吃飯。
老妹問，可以幫爸保留座位嗎？
媽說，依習俗，筷子是不是要立起來？
我回答，筷子，照舊。爸，一直都在父親的位置上。
不會再突然丟下筷子，跑開。

評審意見

文字樸實無華，敘事流暢，情節豐富，很有畫面感。開頭寫除夕夜吃團圓飯，等著父親先動筷，他卻突然放下筷子，跑了。這樣的開頭乍讀有點突兀，卻成功吸引了讀者的目光。接下來寫父親跑走的原因，是趕著去救火，他是義消，正職是裁縫師傅，只要警鐘一響，父親的筷子就會放下，留下擔心和憂慮給家人。結尾呼應開頭，父親離世後的第一個除夕夜，家人沒有按習俗把筷子立起來。因爲他不會再丟下筷子，跑了。此文頭尾呼應，以情節代替情感，寫一個平凡人不凡的一生，餘味無窮。——鍾怡雯

得獎感言

前兩次得獎，我都帶著家人出席頒獎典禮，在會場上帶著兒子領獎、拍照、吃點心……已經成爲年度最佳的親子活動。今年，幸能榮獲二獎，本當喜上眉梢，但心情的尺寸，卻只有半開……

這一屆是我最後一次投稿，連續三年獲獎已經獲得肯定，我非常感謝台灣房屋、聯合報、眾位評審，以及所有的工作人員。附上第三屆領獎時，主辦單位幫我們拍的照片，這張照片爲我們家的 2023 年，下了幸福的註腳，是全開的。

三獎

雪夜裡的年夜飯

May

圖／ Betty est Partout

得主簡介

曾在台灣與英國求學，先後被台灣國合會、外交部、僑委會、教育部外派，在海外工作求學生活約二十年，在非洲、亞洲、拉丁美洲與歐洲都曾留下足跡。
在疫情後成為數位遊牧民族的一員，大部分時間皆在歐洲移動，目前旅居於瑞士阿爾卑斯山，曾經得過幾個文學獎。

二〇二三年二月六日發生土耳其大地震時，我剛好在災區為敘利亞難民收集口述資料。天搖地動後，我到國際志工帳篷區住了兩個月，每日在災區忙著發送物資。當時天冷，早晨草地上都蓋了一層薄霜，帳篷和樹上也疊著些雪。

夏天，我到了位於阿爾卑斯山的瑞士朋友家，朋友只知道我離開了災區，什麼都沒多問，只留給了我一張卡讓我買三餐，並讓我在他名下的一棟木屋安心住下。在朋友的照顧下，我花了幾個月時間，重新練習好好吃飯，好好喝水，只是依然在夜裡需要開著燈睡覺，依然在夜裡突然驚醒。

九月，阿爾卑斯山頭可以看到雪了，我隻身飛回土耳其災區，想看看災區重建進度。夜裡，朋友從瑞士大木屋傳了簡訊給我，讓我等他一下，他會過來陪我一起進災區。兩天後，我在電力不穩定的災區機場等著朋友出關。

隔天，朋友開車載我去地震後三天所埋下的三千個新墳，我站在一座墳前，拿起了花灑澆了墳旁的花，眼前浮現的是當時漫天雪花和一條條躺在路邊蓋著白布的屍體，斗大的淚珠撲簌簌地落下，我的臉頰怎麼抹都抹不乾。不遠處，一個戴著頭巾的女人心碎地哭號著，又一個孤兒寡母人間悲劇。倖存者內疚感一直折磨著我：為什麼是我活下來？為什麼不是沒有家人關心的我在那雪夜死去？

地震發生那夜，從睡夢中倉皇逃出的人在驚恐下第一件事就是拿起手機跟家人報平安，但我的手機安安靜靜的，因為我是一個沒有家人可以報平安的人。

冬天來了，屋外大雪紛飛，我在除夕夜煮了一桌年夜飯，大木屋迎來了二十幾位朋友圍爐。隨後，我在餐桌上擺了一組空碗筷，解釋華人會替過世親友在席上擺碗筷的典故。

在酒精的催化下，我第一次聊起了我那不學無術的父親在一年前走了，沒留下一句道歉就這樣走了，幾十年來不曾有年夜飯吃的我，準備的那副空碗筷是給我父親的。

倒數了，地震的那一夜也是一個雪夜，我開門走進了雪夜裡，閉著眼感受著飄落在我臉上的雪花，新雪埋起了一切，也埋起了被地震帶走的生命。

M在雪中向我走來，緊緊環抱著我，我明白了為什麼有人說「朋友是我們選擇過的家人」。我抱著一直陪著我的M，我知道我也是有家人疼的，雖然是沒有血緣的家人。

M暖著我冰凍的手，輕輕地跟我說：龍年快樂。

評審意見

作者在土耳其大地震中倖免於難，放眼見倖存者紛紛拿起手機報平安，她卻舉目無親，不免倍感淒涼。幸有遠方友人及時接住了她，提供安居飲食之需外，還迢迢奔赴陪伴，她的神魂因之得以安定。原本孤憤纏繞的哀怨，也因爲朋友的溫柔照應，而不再自怨自艾。一年後的除夕，在雪花飄落的夜裡，借居的小木屋迎來了二十餘位朋友的環繞。她終於體會「朋友是我們選擇過的家人」的可貴，因爲眾人的支持，她從而變得寬容，不再銜恨不學無術且至死全無一句道歉的老父，甚至依從習俗，爲他在飯桌上擺上一副空碗筷，解開了心結，和父親言和。

故事在淒涼中透出曖曖的光，顛覆「血濃於水」的傳統典律，爲我們寫下「親人」的新定義。——廖玉蕙

得獎感言

首先，謝謝聯合報辦這個活動，花了二十年在海外九個國家工作求學，我曾覺得，一個人一隻貓也是「一個家」。

在去過一百多個國家後，我最後選擇長居在瑞士阿爾卑斯山的一棟大木屋裡，是因爲裡面住著彼此相愛的夥伴們，和我住在一起的夥伴們就是我的家人，這大木屋就是我家。

德國上個月剛開會討論「責任共同體」，最快明年可以生效。讓無血緣的朋友也可以和「血親與姻親」擁有一樣的權利。這是在隨著不婚不生的世代選擇與朋友共居後，法律因應社群變動而給予「家」一個新的定義。

有愛的地方，就是家。

佳作

禮忌

陳思齊

圖／王孟婷

得主簡介

屏東人，高雄工作，現任鼓山高中國文教師。癡迷扁臉狗，寫作只能得佳作，但是歌唱比賽可以拿前三名。

女兒手持塑膠湯匙，碗裡一陣攪和，像巫婆熬煮魔法湯藥，那般慎重又詭異。狗子吐藥、女兒厭食，是我最近在餵食上的兩大難題。差別在於，狗子還懂看人臉色，多試幾次終能成功；而三歲驕女時而亢奮甩碗、時而怒目高歌，要如何討其歡心，實屬神祕學的範疇。只要堅持下去，用餐就不會提早結束，我夾起菠菜，航向她的藍色小碗，結果一個揮手打落，菠菜成了在地美食。

突然我想起了爺爺。

在爺家吃飯，很有日本儀節的一套，坐務端正，筷挺碗直，閑靜少言，細嚼慢嚥。吾雖不敏，尚知察言觀色，乖乖上座、好好吃飯，再耐心等待大人散會，我就可以到客廳看鑽石舞台。某一次，一盤紅通通的炸丸子放在爺爺對面，爺爺伸出筷子，似乎因位置太遠而縮手，當下心裡有個聲音「該是表現的時候了」，八歲的我夾起一個丸子，伸向爺爺面前。在我的想像裡，大人們會笑著稱讚我懂事，爺爺也會接下丸子、摸摸我的頭；但這一切並未發生。爺爺「喝！」的一聲，像是看穿詭計般盯著丸子，不但不迎接，還臉色鐵青地擺下筷子。爸爸像是想起什麼，正想開口，爺爺卻直起身子，逕自上樓了。被嚇傻的我，默默放丸子回盤。這一餐再無人說話。

原來在日本，為人夾菜像極了撿骨的動作，是一項用餐禁忌。啊！禮沉如山的爺爺是日本人，我有一種不知者應無罪的苦情；此後一段時間，我不敢再與爺爺同桌吃飯。

國三中秋節聚餐，我循往例在眾賓散去後摸進餐桌，滿桌殘羹被重組成一盤秋節百匯。扒飯時，冒出兩聲輕咳，爺爺不知何時坐在了對面，他默舉一碗，竟示意要我夾面前的一盤排骨。看著顫抖的碗，我沒有遲疑夾上一塊，那碗便收回去了，都還不及回憶什麼日本禁忌。兩年後，爺爺走了，我夾起一塊腿骨，放入罈中，好輕。

爺爺為何請我夾菜？也許他心懷愧疚，終於找到機會和解；也許是刻意互動，又或者只是忘記了，忘了日本、忘了自己。禮的背後有太多驅使，我能做的只有不違本心。在此同時，女兒終於開了金口，含住一綹菠菜。爺，對不起，還有謝謝。

評審意見

透過夾菜這件事，表現台日、世代之間文化的差異。
全篇的行進有序，也頗能塑造氣氛與情境，用節制的情感描寫珍貴的記憶，讀之，感人。

——許悔之

得獎感言

高雄市左營大路上的中華蛋糕，用料實在、價格公道親民，是我通勤的必經之地，我常順路帶幾個麵包回家，特別是螺旋麵包，巧克力奶油上面點綴兩顆葡萄乾，綿滋滋的。有些食品明知道不在健康之列但還是要碰，有些事不利於心理發展但還是會想，這樣才像個人。別人是被寫作豢養的，我是被麵包拯救的。如果你覺得這些好像與本文沒有關聯，那你是對的。

佳作

餐桌到門口的距離

林子瑄

圖／黃鼻子

得主簡介

宜蘭人，曾於銘傳士林校區就讀國貿系，一年後，決心離開重考，進入政大，就讀外交系，四年後，就讀政大宗教所，以《博伽梵歌研究》為論文主題。曾獲些許短篇小說獎項。

我是請外送平台送來早餐，父親的是燒餅油條與熱的甜味豆漿，母親的是芋頭粥，我是美式咖啡加巧克力穀物棒。父親喝了豆漿、吃口油條之後，開始批評我的餐飲選擇，他說一早喝咖啡對胃不好，他說我這樣不愛惜自己身體的恣意妄為，早晚會吃苦。

我不反駁他，不是我孝順他，或是基於尊老原則所以我相信他的老生常談。我其實能反駁，我知道他所謂的咖啡之傷原因何在。他當年多是飲即溶咖啡，無論於何時，即溶咖啡粉用的都是咖啡豆製作過程裡的廢豆、碎豆、焦豆，這樣煮出來的必然含有害物質，父親當年沒有那麼仔細的食品安全檢驗系統，所以當時的即溶咖啡可能含有更多重金屬與毒虐物質……

「我知道，我會注意。」

但我繼續飲咖啡，我不會告訴他現在的咖啡出液過程符合先進國家衛生要求，多飲也不會攝入太多咖啡因，因為刺激物大多留在豆裡，根本來不及沖出。

「今天的油條有沒有軟掉。」

我只是說說，不是提問，並非試圖改變他的說話主軸，也不是想要用什麼來讓母親產生想法而開口，減少我所承受的壓力。但我的基因與父親的相同，他知悉我所想，我還是躲不開，他就依照一、二、三之順序批判一輪。他說我不是真心在問，他訓我絕不要試圖引導或改變他的說話主題，他再罵我母親之前有嗆到住院的經驗，所以用餐時絕不說話，他要我別害她。

「我出門了。」

我走向門口，這不是太長的距離，父親是隨我的步數繼續訓斥。他要我別再拖時間，他說我的不婚單身抉擇只是現在的爽悅，六十歲之後就知道苦……

「好的。」我步出老家。

這頓早餐依然沒有特色，屋內生活還是乏味得沉，但是，至少食物進了他們體內，器官還能吸收而產生氣力。

其實我應該在餐桌多坐二十分鐘再離開，因為二十五分鐘之後必然會依然沉默，但先進的電子打卡系統並不願意包容我這樣的生活。我還是得走了，如此才能讓相同頻律的生活依繫在固著的節奏間。

評審意見

作者用極簡淨的四句話，道盡了從餐桌到門口的日日言之的父子應答，凸顯兩代的溝通隔閡。從外送平台送餐的多元，看出中西餐的選取在兩代間的壁壘分明，暗示家常溝通亦如是。新時代轟然來臨，傳統轉變不易，年輕一代識透鴻溝難以跨越後，乾脆就讓它橫在那裡，甚或保留一些讓長輩嘮叨、抒發的餘地。

「我知道，我會注意。」「今天的油條有沒有軟掉？」「我出門了。」「好的。」首句刻意迴避父親叮嚀內容的誤謬，只做虛與委蛇的應答；次句提問，卻沒打算得到答案，只是提供父親譴責的資料；第三句告知出門時間已到；最後用「好的。」圓滿回應父親對傳宗接代的慣性催促與叮嚀。四句話的節奏固著出相同頻率的生活。然後，就這樣，日子一天天簡單過去，這就是某些年輕人避免衝突的家常：不辯解、表達關心、交代行程、順而不從，是一篇很見性情的佳作。——廖玉蕙

得獎感言

感謝主辦單位的用心與付出。〈餐桌到門口的距離〉是我首次以這種短文形式創作的散文，當中仍有許多不足之處。非常感謝主辦單位的用心與付出，這個獎項對我來說意義重大，它不僅是對我個人努力的肯定，更是我的創作道路上一份寶貴的鼓勵與支持。這個獎項將成爲我創作道路上美好的記憶，也將激勵我繼續走下去，追求更高的目標與成就。

佳作

奶奶呷飯囉

畢珍麗

圖／陳完玲

得主簡介

中年的時候，以為將拿鋤頭的手，意外地拿到筆桿。一開始以為寫作只是避難，卻意外的尋到桃花源。如今年近七旬，只想老來有文學陪伴就好。

奶奶忍不住：「怎麼台灣每頓飯都跟咱家過年似的？」她是儉省的山東老太太，看著滿桌菜皺著眉充滿疑惑。

兩岸開放，父親背回七十多歲重病的奶奶。急救出院後，母親忽然有婆婆了。但她兩人竟毫無婆媳問題，彷彿前世便是母女，今生重聚格外珍視。別的不說，就說飯桌吧。母親想讓奶奶吃得開心，每餐都變著花樣端出豐盛菜肴。我們還學父親的口音喊：「奶奶哈飯囉。」

以往總是母親往父親碗裡夾菜，這下是父親展開行動，往奶奶碗裡夾塊肉又塞塊魚。奶奶扯住父親的手向著母親努努嘴，父親這才學會往母親碗裡夾菜。

奶奶牙口不好，卻喜歡吃有嚼勁的東西，看她腮幫子左右鼓動著，努力要嚼出個中滋味，認真的模樣宛如美食鑑賞家。

記得第一次母親為奶奶盛雞湯，母親：「娘給您塊雞腿，雞翅要不要？」湯勺在湯鍋裡，握著拳頭的雞爪子溜進湯勺，母親順勢問：「喜歡啃爪子嗎？」奶奶嚇得哇哇叫：「唉呦媽ㄟ，俺可不敢啃雞爪。」這下我們可知道奶奶的弱點啦。之後只要有雞爪，總要在她老人家面前晃晃，逗著鬧著然後一桌子歡笑聲。

終於奶奶知道媳婦是刻意為她做豐盛的菜，便要母親別辛苦了。為讓婆婆安心，母親開始穿插端出餃子、包子或是麵條。

對山東老太太來說麵食是拿手的，但母親的廚藝讓奶奶佩服不已。吃到老家口味的魚餃子時，奶奶樂得魚尾紋都變深了，喊著父親的乳名：「德裕好福氣喔。」

父親愛吃軟麵條，以前常說：「娘怕我吃麵燙著，總會煮好了盛到碗裡，放一會才喊我吃。」這下婆婆在眼前母親可要印證一下，奶奶聽完笑得眼角都泛出小水珠。

奶奶像想起什麼，問母親冰箱有韭菜有雞子兒（雞蛋）嗎？原來奶奶想給兒子，煮一碗他兒時的麵條。母親備好食材，看奶奶切韭菜的手微顫著，蛋黃蛋白被奶奶打得嘎嘎響，水開了抖散麵條下鍋，那一刻灶前的奶奶是否以為回到從前呢？

餐桌旁的父親，聽著廚房的動靜，搓著雙手好似揉搓能讓時光倒流。

奶奶盛好了麵，真的說：「等一下再叫德裕哈麵湯。」那餐的麵條是吸滿湯汁的、是軟的、是溫的。

評審意見

透過備餐的細膩描寫，把一對婆媳自然眞摯的感情描述得津津有味、活靈活現。短短的文章中，也體現了飲食的滋味，和一段兩岸的近代史。——許悔之

得獎感言

第三次參加，終於握到幸運之神的手。

感謝主辦單位和評審老師，感謝爲我付第一筆寫作班學費的女兒，感謝老公在我的文字裡找骨頭。

感謝課堂上的老師們，是他們的指引，才能讓我從鍵盤敲擊走向繽紛的生命場景。感謝寫作班陪伴一起學習的夥伴，感謝自己一直催眠自己，只要不離開，文學就不會背對著我。

多麼希望父親還在，可以帶他一起參加頒獎典禮，這個故事他是男主角啊。

佳作

室友

洪研竣

圖／無疑亭

得主簡介

精神科醫師，一直想寫點東西記錄生活，能維持運動、正常時間吃東西就很開心。台大醫院精神科照會訓練，台北市立聯合醫院精神科總醫師。曾獲漢邦華人文學獎散文二獎，醫學生聯合文學獎散文、短篇小說雙評審獎，建中紅樓文學獎二獎。

春節前兩周開始迪化街買食材，除夕當天，天還沒亮，佛跳牆、龍鬚菜、油飯早已就定位。餐廳圓桌，紅色，飽和度全滿。阿嬤在廚房現切烏魚子、鳳梨丁，囑咐我串起來擺盤。魚翅在我們勸阻下改成魚皮。打掃餐廳清潔廁所，下午五點還沒開飯鼻子就先吃飽，伯父一家人開車趕到，圍著圓桌熱鬧。阿嬤最後入席，幾顆汗珠掛在臉頰，堆滿微笑，彼時皺紋還沒肆意堆疊。

「什麼時候帶女友回來給我們看呀？」大概是所謂的適婚年齡，五年前，這句話開始反覆在餐桌上放送。我於是習得閃躲技能：尿遁、轉移話題，最後雙手一攤說還沒找到合適的。

阿嬤可能不知道，這並非想不想的問題，而是能不能的差別。

她一直知道我有個自當兵認識的室友，一起租屋外縣市打拚，偶爾過問一下室友好不好，也就瞞混過關。帶室友回家和伴侶意義不同，這也是我不願把他帶回家吃飯的主因，我感覺自己還沒準備好，這個家也還沒好。

直到一年年過去，阿嬤再也不問女友的事。倒是飯菜口味變重，更不時把鍋子燒乾。她被爸爸禁止煮飯了。阿嬤在餐桌上，開始回憶往事，斷續哭泣。接著飯菜渣撒桌上，我們協助清理。看護加入除夕紅色圓桌，話題開始圍繞著名字記憶遊戲。

「他叫什麼名字？剛剛跟妳說過記得嗎？」當阿嬤回答正確全家鼓掌。歡呼聲下她不忘問我：「那你什麼時候結婚？」不確定阿嬤是時空錯置把堂哥預定的婚禮改成我的，還是在她記憶最深處，仍舊惦記著我的終身大事？

今年鼓起勇氣，把我的「室友」帶回家裡除夕團圓。直到真正圍坐在桌緣，我才意識到自己心跳有多麼劇烈。他輕輕把手放我腿上，呼吸仍舊淺快，飯菜還沒下肚，胃就快翻攪出來。

恍惚中阿嬤眼神望向他，對著我說：「怎麼這麼晚才帶來家裡吃飯，讓人家等這麼多年。」我怔怔望著阿嬤，胸口像是被緊揪一下，漏了幾拍。急忙和阿嬤賠不是，瞬間她的眼神溫暖堅定，隨後注意力飄散。迷茫中我分不清在夢裡還是現實，低頭吃飯不發一語，只感覺眼眶濕潤，心頭暖暖熱熱的。

評審意見

年夜飯大概是華人長輩最喜「關心」兒女或孫子女的婚事的場所與時機。作者從五年前的年夜飯準備開始，到了所有親人上桌阿嬤反覆在餐桌上放送：「什麼時候帶女友回來」。作者閃躲、尿遁，以伏筆「不是想不想，而是能不能的差別」，再來是敘述「帶室友回家和伴侶意義不同」，不是不能帶回來，是自己及家人都還沒準備好。一年年過去，阿嬤也老了，等到看護加入年夜飯，阿嬤經常忘了家人的名子，卻不忘問作者「你什麼時候結婚？」終於作者帶著室友回家，阿嬤竟然責怪等這麼多年，語意中認同孫子同志戀情。

敘述同志戀情的忐忑到被家人尤其認定阿嬤應是很難接受，沒想到見到孫子的伴侶竟責怪「讓人家等這麼多年」。

全文如極短篇，緊湊懸宕一氣呵成，剝解年老的長輩並非保守，接受的心和年齡與失智無關，而「室友」也有雙重的意涵。——方梓

得獎感言

期待抱持「精神醫學的腦與心，左手墨筆、右手啞鈴」在日常治療個案同時，爲自己尋找一點光。

「室友」充滿隱晦與普同感，一起住的人即可稱作，謝謝造詞者的智慧，讓我得以使用。MSM族群幾年前有了婚姻專法里程碑，但仍有很多層面正在努力著，願安好。謝謝評審的肯定，在我人生的這個階段無疑像場及時雨。多年沒動筆好像在告訴我：我還能寫，有機會就繼續寫下去。如同沒有盡頭的深邃海岸，浪花拍打潮汐，白噪音般引人入勝，卻不打擾。

佳作

狗母魚鬆

鍾邦友

圖／ Dofa

得主簡介

鍾邦友，雲林斗六人，五年級生，高師大教育博士，八月一日剛從高雄高工教職退休，目前是高科大博雅教育中心兼任助理教授。曾獲教育部中華文化復興論文競賽獎、高師大南風文學獎、菊島文學獎等。

晚飯後將餐桌理出一方潔淨，擺上筆電，開始修改課用的投影片。身旁的妻疑惑問道：何以放著敞亮舒適的書房不用，愛縮在廚房，用這可能沾有油膩的餐桌？

一時間我也說不出所以然。直到那天，妻從市場買回幾尾狗母魚，才想起這是怎麼一回事。

年少時家住眷村空間窄小的平房，餐桌就是我的書桌，母親常將炒碎的狗母魚肉上桌，用筷子一翻一翻的挑刺，有時挑到肩痠眼花了，會要寫完功課的我幫忙。狗母魚的刺超多，幼小的我弄了幾分鐘就想逃之夭夭，這時母親會正色告誡我，做事半途而廢，將來怎麼可能成功？我只好半是埋怨，半是偷懶的做完，當然絕大部分還是母親完成的。

挑刺只是譜寫狗母魚鬆這首樂章的簡短小節，氣勢壯濶的猛火快炒是序曲，終章是去刺碎肉以溫婉文火煨炒成絲，期間尚得留意是否仍有隱匿餘刺，工序繁複且累人。母親是職業婦女，得利用僅有空閒，做好堆積成山的家庭勞務，還得製作狗母魚鬆這種費工吃食，我則在餐桌寫作業，耳濡目染她做事的堅毅態度，無形中淬鍊出在課業及職場無往不利的拚勁。

由於父親長年隨部隊在外，母親兼代父職，記憶中她嚴父形像甚至多過慈母照拂，往往更像一個鞭策我積極向上的老師，我也對她津津樂道自己初中時總是前三名，優異成績考上公職那些力爭上游的往事感到驕傲。

我對狗母魚鬆其實又愛又恨。初完成時鮮酥可口，恨不得餐餐吃，但母親要獨力照顧四個小孩自是十分不易，那時公務員的薪資又極其微薄，她買來廉價的狗母魚做成魚鬆，就是希望一次做上很多方能省時省力省錢。然而自家的魚鬆沒有防腐劑，三四天後開始走味，最怕看到便當裡有這道菜，又抱怨母親幹嘛做這麼多，現在才知道當年自己從沒用心體會母親的難處。

長大後歷經多次換屋，也換過不同的餐桌，同樣皆是我最愛的書桌，即便自己有能力擁有專屬的書房及書桌亦然。如今母親早已不在我的身旁，但只要往餐桌一坐，她對著狗母魚挑刺的影像便開始鮮活，就像一盞永遠光明的桌燈持續照亮著我，也溫暖著我。

評審意見

在以前的社會中，自備特別有味的飲食，繼續考量花費，也要付出耐心——比方說挑魚刺。這篇文章，麻雀雖小五臟俱全，如同台灣從農業社會到開始進入工業社會期間，一種集體的記憶和時代顯影。——許悔之

得獎感言

母親離世以後，一直想著要寫些什麼來紀念她，卻始終找不到貼切題材，想著日日皆勤於筆耕的我，竟然無法振筆疾書她的慈愛恩情，每每覺得自己愧爲人子。

那天乍見比賽訊息，像是一把暖色探照燈，照亮深藏記憶底層的母愛印記，兒時母親在餐桌製作狗母魚鬆的影像也漸次鮮明。感謝評審，也感謝台灣房屋親情文學獎勾起我對那一方餐桌的思念，不單是我的書桌，更是母親育我成材的講桌。

佳作

愛の Mukbang

賴瑞玲

圖／PPAN

得主簡介

一直從事日語與英語等外國語文教學，也在彰化縣讀書協會及相關書香園地耕耘十餘載。喜歡閱讀各類古今中外的書籍，包括最愛的古老經典《論語》等，十足酷愛語言及嗜食文字，近來回過頭開始認真學習自己的母語—閩南語。

聽過Mukbang嗎？這個字源自韓文，是「吃播」的意思。因應疫情影響，人們被迫居家隔離無法出門聚餐，腦洞大開的YouTuber想出在線上開箱大啖美食，賺取收視率和接業配之外，也是陪伴觀眾用餐，讓大家紓壓放鬆的節目。

這些年，我們一家三口各自居住在不同的時空領域。外子外派到北越海防工作，女兒分發到金門浯島讀書，我則固守寶島台灣中部的家園。託網路和手機應用軟體的福，一家三口雖然獨立分居各地，透過無遠弗屆且各式齊全的網路通訊設備，我們仍然可以分享各自的生活點滴。尤其每當晚餐時間，都會心繫彼此，互相關懷是否吃飽穿暖。Mukbang之於我們彷彿是家人之間傳達愛意的吃播秀，外子會推薦道地越南美食，女兒最愛蒐羅金門的特色小吃，我則咀嚼著他們心心念念的家鄉味。雖然各有各的餐桌，但是在手機螢幕上像是拼圖般，拼成了屬於我們一家人別樹一幟的獨特餐桌。

無法同時上線時，我們會各自上傳有趣的照片或是分享影片。與我們時差一個小時的外子甚至會開啟越南語的線上教學課程，分享越南當地特有美食的越南語，或是上傳與同事聚餐各種料理的照片，讓我們透過彼此不同的餐桌，領略不同的文化。女兒也會po上迷人的金門建築、海景、夕照等閩式戰地風土民情；喜歡她分享的閩式燒餅和東林北街仙草，得空去金門定要嚐嚐。我則會分享他們心心念念的彰化、鹿港小吃美食和報告故鄉親朋好友的近況；或是居家線上上課，省卻交通時間所學會的冰心綠豆糕，抑或使用貼心女兒贈送的母親節禮物——氣炸鍋所烘製的蘋果乾、烤披薩或蛋糕等；甚至獻曝一下偽單身生活，重拾文青夢在報章雜誌發表的新詩或是文章。

一直深信「大疫不過三年」，終於迎來後疫情時代。去年春節舉家在海外團聚過年，方知越南過的竟是貓年而非兔年，親眼見識到外子所說交通複雜又緊張，但在我的眼裡卻是處處妝點著金黃色菊花、梅花、金桔等充滿了年節氣氛的越南。原本分立如三國般的餐桌終於圓滿完整合體，全家愛的羈絆下無限的思念，終於順利解封，流淌到彼此的擁抱中融解。

評審意見

科技爲時代寫下新頁。文章所敘的議題新鮮有趣又寫實。分居各處的家人，在無緣促膝的天涯海角，如何可以同吃一頓的晚餐？讓網路和手機的應用軟體來告訴你。

先生外派北越海防工作，女兒分發到金門浯島讀書，母親固守台灣中部的家園，此文證明，只要有心，就能同看一天春色、分享同一頓晚餐的菜色。這篇文章不必多餘的潤色，它用愛和關懷簡筆寫出家人間彼此相隔的懸念和解除懸念的巧妙招式。大疫之年，拜科技之賜，解決了空間的迢遞，更重要的是暗藏其間的營造縮短心的距離的用心。一年三百六十五天，我們可以在空中說些什麼？尋常的文字中，有不尋常的苦心存焉。——廖玉蕙

得獎感言

疫情改變了整個世界的日常生活，習以爲常的平常變得不平常且不容易。因爲疫情居家時間增加，開始重拾禿筆，爬文投稿抒發心中所感所悟，不管是否刊登錄用。此次得獎對我而言是一大肯定，證明透過持續閱讀方有能力含英咀華。

在此，感恩自己家人長久以來的支持，以及感謝因爲讀書會結緣的友人不斷的鼓勵。會持續努力以各種方式，透過不同管道推廣閱讀書香的美好，結合辦理前進人文願景工作室的公益講座，散播眞善美的信念！

佳作

等你吃飯

陳吟蓮

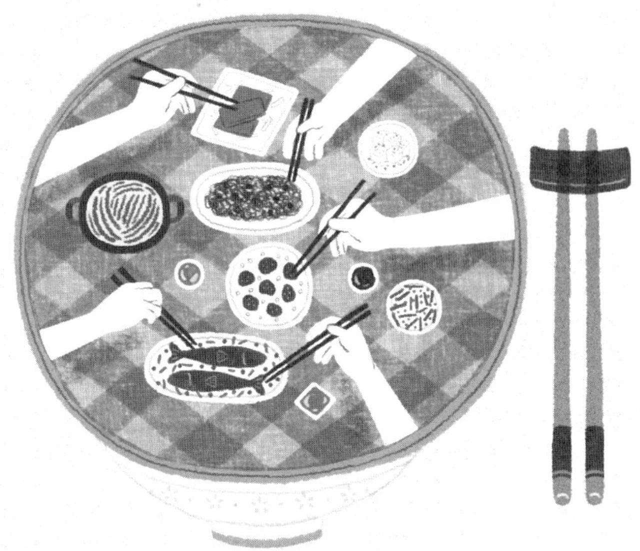

圖／Sonia

得主簡介

1994 年出生，桃園人，廣告行銷人，也是個文字創作者，喜歡從生活中拾起文字的碎片，拼湊成冊，溫暖他人。
理想過著幽默又帶有儀式感的生活，然後透過旅行創造屬於自己的故事。
擁有一個小小的文字品牌：複方調理詩。

我們家的餐桌上，有一個人總是遲到或缺席。

全世界的人都坐下來吃飯了，但就是有一個人還沒來，大家就開飯了……

過年過節她最不喜歡回南部，鄉下的爐灶現代婦女嫌難用，火候不好控制，媳婦只有她一人，連個偷閒的空檔都沒有，被指揮的忙進忙出，好不容易做完一桌菜了，奶奶一定優先呼喊自己的兒子前來吃飯，再來是孫字輩，順位永遠不會排到媳婦。煮完飯瓦斯爐上的汙漬一定要立即清理，不然時間久了、冷卻了，會很難清，這是她的原則。眼看碗筷都拿齊了，眾人一屁股坐下就開始大快朵頤，沒人留意到最辛苦的大廚在後頭「大粒汗、小粒汗」的收拾廚房。

我們家的傳統，家裡的男人還沒回家不准開飯，爸爸回來一定要叫：「爸爸吃飯。」沒聽到回應就必須要再喊一聲，直到聽到他的回覆並等到他坐定位才能開始用餐，相對而言她有沒有來吃飯，大家並不是那麼在乎，我對此只有納悶卻從不曾質疑。

幾十年過去了，這位大廚依然沒吭聲一句，卻數次被我撞見她眼眶泛紅，故作鎮定不發一語的低頭猛做，跟那台十多年轟轟巨響的抽油煙機一樣委屈往肚裡吞。故不知從何養成的習慣，每每將近吃飯時間，我都會湊上用撒嬌的語氣黏著她，跟她說：「我等你一起吃飯」、「你還有什麼還沒弄，我幫忙」，但她總是將我推開，跟我說：「走開啦——你在這只會越幫越忙」或是「你吃飯那麼慢，等下好吃的被別人吃完了你就不要哭喔！」要我不要等她，但我知道她內心是開心的，因為我知道她要的只是一句關心的話語。

可能是從那個時候開始吧！

即使肚子很餓很餓，餓到凹進去了，我依然會等她吃飯。

眾人到齊準備開飯，我都會大喊：「等等，媽媽還沒有來，大家一起吃才圓滿！」

因為這一桌菜是你煮的，你是最有權利坐在餐桌上吃飯的人，以後不要獨自默默流淚了，有你的餐桌才格外溫暖。

評審意見

作者把很多台灣媳婦的「廚房宿命」毫不保留的寫出來，簡單，生動，到位。辛苦做菜收拾和清潔的媳婦彷彿隱形人，一句「幾十年過去了」，說不盡的台灣媳婦的委屈。這篇文章意不在批評，也不往深淵推進，作者用自己的關愛把母親的哀怨適度化解。圓滿的一頓飯絕對不是喊來兒子把閒屁股坐下開飯，而是等到最辛勞的媳婦大廚坐齊，不讓她獨自在廚房默默流淚。等媽媽來了才吃飯。這個用愛來轉化怨懟的結尾，寫得很好很動人。——鍾怡雯

得獎感言

感謝台灣房屋親情文學獎給我這個獎項，這是一篇講述新時代婦女跳脫傳統婦女框架蛻變的故事，而故事的主角，就是我的媽媽，她永遠是那最後一個坐下來吃飯的人，要擺脫那根深蒂固的傳統觀念並不是這麼容易，所以我想用「等你吃飯」這篇文章致敬五〇年代末女性的所有女性，告訴她們在家裡餐桌旁，永遠都留有一個屬於妳的位置，也隨時等著妳好好坐下來一起吃個飯。

佳作

封蕻

毓秀

圖／林蔡鴻

得主簡介

出生於苗栗竹南的純客家人，但長大於閩南村落，閩南話說得比客家話溜。退休前從事布料批發及零售生意，退休後一邊幫女兒帶小孩，一面和姊妹們遊山玩水，並且學畫畫更種了一畦各色菜蔬，生活悠閒適意。

「今天吃封菜！」

才踏入菜園，就傳來農友們熱情的呼喚。

尚未走進半開放的菜寮，滿溢出的客家大封香味就撲面而來。

此寮原本只是數根木頭撐起油帆布的粗陋小棚，堆放肥料和農具，最早連牆都沒有。為了有個能躲太陽的地方，讓在農地工作的人們能休息，湖口人楊先生和來自苗栗的謝先生自發整地，先用紅磚把地鋪平壓實，又用水泥砌出二道半人高牆，更換了半朽木柱，強化原先結構；再用鐵皮和木條搭出屋頂。早先的破爛小棚經他倆巧手，變身為這片菜園農友們的社交沙龍，大夥每星期在此聚餐，就算沒農活要處理，我們也會習慣性來菜園「巡巡咧」，找藉口聚聚。

菜寮邊上，楊先生砌出一口燒柴灶，菜寮中心有張從我家搬來的柚木茶几，茶几正中放一鼎雙耳圓底大鐵鍋，鍋裡有楊太太在灶上慢火細燉了幾小時的封菜。大塊三層肉軟嫩肥香，用湯勺稍稍施力就能斷開，吸滿肉汁沾染油光醬色的高麗菜是謝太太早上才從她菜圃採來的，鍋內排列去子剖半的木瓜，謝先生解釋，是黑仔摘自另一側的木瓜樹。新店在地人黑仔去年經歷一場小中風，走路半瘸，他行動不便，真不知是如何從樹上弄下這些木瓜？

年過八十五的莊先生退休前是受人尊敬的農業學者，但生活這塊，卻相較生嫩，他用老學究的口氣質疑：「有看過高麗菜封、冬瓜封、苦瓜封，沒聽過木瓜也能封？」我那一輩子離不開農田，八十歲還在種菜的大姊立刻教育他：「果肉轉紅但還沒軟爛的木瓜用來煮湯更好，甜又潤滑！你有學識沒常識！」

兩位老人家一來一往的拌嘴中，人們各自拉椅凳坐下，圍著一大鍋直冒熱氣的封菜、謝太太自製的蘿蔔糕、楊太太摻入手作金桔醬的糯米甜糕及楊先生菜畦種出的台農五十七號地瓜。

彷彿間，我感覺就像過年在圍爐，即使年早已過了快兩個月。

這樣一頓克難的盛宴，是有緣人的團圓飯。

席間來來去去，有人不再事農，有人不知所蹤。

雖來自不同地方，也不一定有血緣關係，但我們坐同一張桌前，如儀式般相聚，一起吃了十幾年的飯，是不是也算得上是一種家人？

評審意見

本文寫出相當典型的悠閒小農生活氣息。幾個不同背景和來歷的農友，不是正牌農夫，而是台灣各市鎮和鄉村十分常見的小菜農。他們把菜園當成社交沙龍，種菜之外，常常聚餐，各自帶來不同的菜餚吃飯聊天，可說是一種另類餐桌。沒有血緣關係，可是一起吃了十幾年的飯，也算是另一種形式的家人，這是此文的主旨。本文中段開始轉入「封菜」的敘事，客家人的冬瓜封、高麗菜封、苦瓜封，以及令人印象深刻的「木瓜封」，一個接一個的細節，把烹飪步驟和感受融合起來，另有滋味，突破了類型文章的框架。——鍾怡雯

得獎感言

很高興文章獲得肯定。

這幾年，因爲空閒時間多，於是嘗試以往從不敢想像的文字創作，這對我一個年過七十的老太婆來說，眞的是比做生意或種菜都難上許多。首先，我不會使用電腦，每次在筆記本上修修改改好不容易完成的文章，還得麻煩女兒整理打字後再幫忙投稿，本來只是想記錄一下有趣味的生活，沒想到，竟然幾次獲得肯定見了報，眞是讓人開心。

謝謝主辦單位又讓我有繼續寫下去的勇氣！

佳作

外甥吃了我一整年的早餐

劉濬維

圖／韋帆

得主簡介

任教於高中，國立政治大學國文教學碩士，研究專長為現代戲劇。教學範疇除了高中國文之外，寫作教學、自主學習與班級經營也是愛好領域，更喜歡各種關於教學的創意發想，努力學習教學設計力與各種思考工具中。曾獲懷恩文學獎、鄭福田生態文學獎等。

現在的我，很期待能跟外甥一起吃早餐的時光。

在外甥最辛苦的高三這年，不捨他每天五點多起床通勤，遂決定載他上學。早晨的車流稀少，到學校尚早，我們會一起在附近吃早餐，共度那段上班上課前的自由，店家熱情的問候是種儀式感。

因為一些變故，外甥從出生就跟我住在一起，時光飛逝，今年即將成為一名大學生。青少年的成長令人喜悅，卻也可能是難以消受的變化。身為教育工作者的我，完全理解這個階段的孩子，手機或者男女朋友最為重要；但科技冷漠總是令人沮喪，對比小時候黏我的依偎親暱，不願接受卻又無計可施。

驅車到店，大概僅剩「要吃早餐嗎？」、「就點這些嗎？」諸如此類千篇一律的對話，然後兀自滑著手機遁入靜默，等待餐點上桌，再各吃各的毫無交流。每每無言，我總會念想起以前一起去日本，吃著精緻和食或滾燙拉麵，暢所欲言的歡快。

除了靜默，餐點本身也是鴻溝。青少年早餐吃炸雞煎餃不覺油膩，步入中年的我哪怕點個蛋餅都是負擔。有時想說些話來填充，但就連談食物都是鄉愿，「看起來，很好吃呢……」自討沒趣，只好默默讀起報紙；外甥則繼續在虛擬世界攻城掠地，可我分不到一座城池，甚或一聲感謝。

某次跟同事聊到我和外甥既特別又疏離的早餐晨會，同事對我說：「他以後一定會很懷念這段時光，也會很感謝自己有這樣的舅舅，即便現在不說。」猛然醒悟，對啊，我的付出不是為了得到什麼，純粹希望他能安然度過青春期的風暴，明白孤獨時都還是有人愛著他、陪著他。

那天以後，雖然仍是口味相左的餐桌，但我們開始嘗試聊點夢想與未來。即便外甥仍是惜字如金，但那種不過度涉入隱私卻又能關心彼此的自在，是煩瑣日常裡珍貴的小確幸。

沒有人會教人怎麼當一個舅舅，連我和自己的舅舅也很疏遠，但明白此生不會有小孩的我，至少在還能當個長輩付出愛的時候，陪他走一段，不問回饋的去給予。

如今，當咔啦雞腿上桌時，他會主動問我：「舅舅，你要吃嗎？」我笑著說太胖了，心裡卻滿溢著幸福，便足矣。

評審意見

非順序的書寫因故外甥因故從出生就跟作者住在一起。高三這一年身爲舅舅不捨外甥一早要通勤，開車載他上學並一起吃早餐。雖然明知青少年個性較變及因使用手機時的靜默與冷淡，和外甥孫童時的親暱成了對比。

作者書寫出了中年的舅舅和青少年外甥間的隔閡，每日的早餐彼此跨不出語言的門檻，作者看報，外甥在虛擬世界攻城掠地；餐點也是一條大鴻溝，因爲年齡、生長、健康等各種因素毫無交集。

作者點出「沒有人會教人怎麼當一個舅舅」，他心甘情願的讓「外甥吃了我一整年的早餐」，那是舅舅的愛，雖然有春期的外甥不懂。幸好讀大學後的外甥終於邀舅舅吃咔啦雞腿，冷淡的關係終於解凍。

文章篇名有趣，有一種邀功卻是充滿溫暖，唯一缺點是敘述稍嫌雜亂。——方梓

得獎感言

感謝評審，社群時代後常以爲自己再也沒辦法寫作，只剩殘餘而破碎的動態貼文，這個獎無疑是最好的肯定。平常在教學現場教寫作也鼓勵學生寫作，自己執筆才發現實踐的困難，卻也因爲創作重拾初心，還是能繼續寫的！尤其要謝謝這篇文章中的主角我的外甥，你一直是我生命裡最重要的存在之一，見證你的成長同時也是回望少年時代的自己，僅以這篇文章致敬我們那段同車共行吃早餐的美好日子，祝福你的大學生活順心平安。

佳作

炒飯 SOP

世民

圖／想樂

得主簡介

1969 年生，全盲視障者，目前為理療按摩師。

「改天教你怎麼做飯？」那天，妳突然問我，做完爸的七七幾天後。

「你爸不在了，哪天我也不在，你一個人怎麼辦？」輕聲叨念，對我說，但更像是說給自己聽。

妳總是這樣，從我失明之後，就一直為我擔心。擔心我怎麼養活自己、怎麼吃飯、怎麼出門，從食衣住行到婚姻大事，妳都擔心。

我能了解妳，一個剛失去丈夫的女人，有著患得患失，擔心這、擔心那，一種過渡的不安全感。所以，我安慰妳：「別想那麼多，那都是很久很久以後的事了。」可很久很久的以後會是多久呢？

爾後，每隔幾天，妳就提一次，說要教我煮飯做菜。幾次後，我突然意識到，身為兒子，我有義務消除妳的不安全感。所以，當妳再次提起時，我於是說好。

看不見下廚，我們都沒經驗，一個不知該如何教，一個不知該怎麼學。那就先學炒飯吧，妳覺得那最簡單。

煮飯時，怕觸電，我拿乾毛巾包住手按開關，妳很無語。切菜時，妳緊張怕我受傷。看到我用菜刀鋸肉塊，妳有動手的衝動，以為妳想幫我，結果是想K我。而蛋總是敲不破，見我小心翼翼，妳笑罵：「用力點，沒吃飯喔。」

妳笑了，妳終於笑了，多久了。這時我才發現，整個過程，妳似乎忘了想起妳的丈夫、我的爸。於是，我更加笨拙了。

過程是狀況百出的，經過無數次失敗，我們終於理出只屬於我的SOP。方形碟子放青菜，圓形放火腿片，小碗裝蛋液，不同容器我較容易辨識。肉片換成火腿，「隨你怎麼煮，一定是熟的。」妳說。滴幾滴油，中火，小碗、圓碟、方碟依序入鍋翻炒，小匙精鹽醬油，最後關火，大碗飯入鍋翻攪，大功告成。那是專為我客製的炒飯SOP。

終究還是一個人下廚了。

按下電鍋開關時，想了妳一分；切菜時，再多一分；火腿切片，又多了一分。蛋液碎殼灑滿地時，想起那次，同樣滿地蛋液碎殼，妳叫我：「不要動。」雖看不見，但我知道，妳正俯身擦拭地板。那一刻，好心疼，好想哭。

就剩我一個人的餐桌了。才拿起筷子，忽然明白，很久很久的以後，不管多久，其實，都沒有很久。

評審意見

敘述在父親過世後母親總是叨念更害怕若自己也過世失明的作者如何生活，從食衣住行到婚姻大事，每一樣都讓母親操心。於是母親提議讓作者學做飯菜。母親認爲炒飯似乎比較簡單，於是從炒飯開始，盲者學做飯菜，困難度可想而知，在狀況百出後，兩人理出一個ＳＯＰ，各種小細節母親都顧慮到，如用火腿不用肉片「怎麼煮都是熟的」，不同的容器裝不同的食材。

終究作者還是一個人下廚了。每做一個動作如按下開關、切菜……都想念母親一分，這到這裡讓人鼻酸。而在一個人的餐桌上作者明白父親過世後安慰母親會陪她很久很久，其實不管多久都沒有很久。

文淡情深，呈現的畫面鮮活，尤其母子（或女）互動的情況。結尾畫龍點睛，ＳＯＰ是個過程，「不管多久，都沒有很久」才是親情的感受。——方梓

得獎感言

謝謝主辦單位，謝謝評審的肯定。
曾經害怕想起的記憶，而今卻害怕想不起，這篇文章用來懷念母親。

佳作

圓桌

家庭主婦

圖／豆寶

得主簡介

一個平凡的家庭主婦，貌似符合家庭主婦溫良恭儉讓人設，但其實內心龜毛難搞。

自認努力當個好媽媽，但就如所有上班人士：客戶回饋是無法預期的，也不能把孩子表現當業績，逼死孩子也逼死自己。只好專心做菜，只要做出一道風味好菜，那天就像得到一顆星星。

還好我的心是自由的，藉由閱讀神交古今中外有趣之人，雖然只有一個老公，但在書裡找到很多人生。

公婆家的透天厝裡有張大圓桌，像合菜餐廳中間有圓盤轉菜的那種，一般家庭空間太小放不下，人不夠多、菜兩三道會顯得冷清，但這裡沒這問題。

第一次來到透天厝，幾個大叔在門旁的實木矮桌泡茶，這是男友的家也是家族貨運公司，叔叔、舅舅和堂哥是司機，講電話的姑姑負責發落工作，看我踏進灰白磨石子地板，她便向二樓大喊：「大嫂，人客來囉！」

因為「人客」那天吃飯大家特別開心，只有我緊張得像參與一場入會儀式，盯著眼前的白飯想著等一下怎麼挾菜？

還好有人說話了：「感謝媽媽準備的『滿漢／汗』大餐！」一個歐吉桑用他的台灣國語逗笑大家，後來他成了我的公公。

剛來，什麼都不會，冰箱滿滿腦袋空空，婆婆一點一滴教我：煸蝦米炒高麗菜，菠菜配蔥，紅鳳菜搭薑絲，而湯，「眉眉仔火」讓它滾……邊說邊整理舅舅從鄉下帶來的芥藍。

電話響起婆婆的手停下來，細聽姑姑如何發落，如此反覆，直到舅舅派到工作才輕快起來。婆婆教我芥藍不炒，用些油水半蒸煮，軟了撒鹽就很好吃。

然而不是所有人都喜歡芥蘭。姑姑不碰，阿嬤直接轉走。圓桌磨擦，沙沙滾動，面前的芥藍嚐起來苦甘苦甘。

貨運公司結束、阿嬤過世，透天厝安靜下來。偶爾姑姑來找公公聊天：「阿母不在了，兄弟姊妹不好要跟誰好？」

姑姑說話一樣響亮，二樓廚房也聽得到，婆婆喃喃說：「親戚不能揀，朋友可以揀。」手沒停繼續揀菜。少了牽掛，婆婆不再是好脾氣的大嫂。

接近吃飯時間公公問：「要佇這吃飯否？」

「不了，大嫂又沒叫請。」

時間轉啊轉，在某個時刻，有些人便沿著圓桌的切分線漸行漸遠。

還好，家裡的新成員給空位補上。看孫子為雞腿歡呼，公公樂得轉動圓桌讓他們挾去，忘了最初自己立的規矩：長幼有序。先生說小時候還曾因此被筷子敲手。

然而孩子會長大，求學工作，位子又空了下來。圓桌變成月亮，陰晴圓缺，季節輪替月相變化。

圓桌圓桌繼續轉動，看著一道菜想起那愛吃的誰，才發現四散的星球其實沒有消失，只是拉開了距離在宇宙中走出自己的軌道。

評審意見

以大型圓桌圍聚共食，代表著美滿，無疑是華人既有的吃飯特色。圓桌有轉盤，看來勢必也是傳統人口眾多的大家庭。

文中提及，透天厝的家族開設貨運公司，每天彷彿過年般，一起熱鬧吃飯。這等光景，在過往經濟起飛的六〇或七〇年代屢見不鮮，那是現今難以想像的日常生活。但每天光是為家人準備和料理食材，想必有許多敘述不完的故事。

本文避開繁瑣的人事，快筆帶過，以婆婆媽媽女性閒聊的角度切入，著眼於此一圓桌準備飯菜的忙碌和繁複，時而譬喻人生。大概也只有經常在圓桌吃飯，才會萌生月亮、星球這類精妙的形容，進而連結到吃飯的離離合合。——劉克襄

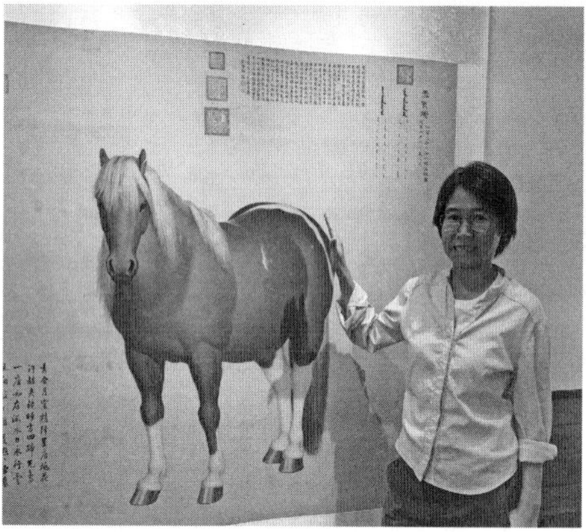

得獎感言

感謝主辦單位，感謝評審的欣賞，因爲這機會得以把一些珍貴細節記錄下來，一段對話、一個場景、一種氣氛，把一時心情濃縮留存下來。如果不寫，許多細微事物就被時間沖走，一轉身，連自己失落什麼都記不起來。如果連記憶都擁有不了，那是多麼貧窮，多麼可怕的事啊！

那天和孩子一起看海綿寶寶，派大星扳開他的肥肉夾層找出許多遺失之物。我也要學他，邊寫邊挖出意想不到的東西，那麼的可愛、晶瑩，把自己也嚇了一跳，日後才能憑藉這些蛛絲馬跡，召喚回憶。

佳作

椅子

蔡憲榮

圖／錢錢

得主簡介

1996 年生於彰化縣竹塘鄉，臺大政治學系及社會學系雙主修畢業，曾任國會助理，現就讀臺大科際整合法律學研究所。曾獲臺大文學獎、全球華文學生文學獎、十分黑琵生態文學獎等獎項。

每逢初一十五，在祖先享用過豐盛的飯菜後，就輪到我們在世子孫圍聚一塊，飲食滿桌庇佑。餐桌佔據著廚房的核心位置，家人則對應著各自的角色，落座在自己的座椅。

桌緣與灶台僅一步之遙，阿母頻頻往來於兩邊，張羅著每一餐，也編織著她大半的生活。阿爸總是坐在背對灶台的座位，我則習慣坐在他的對面。

我曾觀察，阿爸左手微顫地端著飯碗時，手肘會不經意抵著左近突兀的頂樑柱。在餐桌上問過幾次，為什麼整個家裡只有廚房正中立了根柱子？他會解釋，在這個家還是阿公當家作主，而他還為他的阿爸做工的時候，這裡仍是一座碾米廠。廚房之上曾經堆放數噸的粟仔（chhek-á），需要額外的支撐，才不致於壓垮廠房。

故事往往點到輒止，後來碾米廠停業，附近收成的稻穀流向另一座巨資企業，我們這家獨資商號，於是蜷身在鄉鎮小街區內，成為農業時代的印記。

米絞（bí-káu）收掉後，阿公逐步清除設備，和家人重新經營這裡的新生活。阿公生前也是坐在背對灶臺的位子，那個離料理家務的女人最近、也是柱子基礎坐落的地方。阿爸也像我這樣，坐在阿公對面。

阿母還是來回忙活著。她從桌上的碗碟裡各夾舀了一些湯菜到更小一些的盤皿裡，再把米飯堆塑成塔。我知道她的用意，拿托盤接過家常素菜，走過餐桌、越過那把阿公與阿爸接續坐過十數年的椅子，走上樓，單獨給隨侍在祖先一側的阿爸，一席過節的滋味。

下樓回到餐桌，又看了一眼那把如今空蕩、緊靠桌緣的鐵餐椅。從那些早已鏽蝕而又被焊接補強的疤痕，我想到之前曾想過把它換掉。那些不斷修補、卻一再開裂的骨架，實在很難相信，足以支撐得起阿爸的重量。

阿爸晚年身心頹敗，但不論初一十五，還是平常的日日夜夜，只要有機會我們都儘量一起用餐。而阿母也像照料阿爸的身體那般，悉心維護那把椅子。此前的每一餐，他與它，在那離母親最近的角落，幾乎就是不變的安排。

晚餐都準備好了，我要媽一起坐下來吃飯，也問起了那張椅子。

「就放著作紀念也好。」我們都知道，阿爸會一直都在的。

評審意見

昔時傳統的用餐規矩，座位的安排，在過往做爲碾米廠的老厝，依舊無形也有形的存在。

長幼有序，何者該坐哪個位置，幾乎未變，那是無形的，內化爲日常的儀式。父親吃飯的位置，旁邊有一頂樑柱，過去是用來支撐老屋上頭儲放粟仔的所在。此一有形的標誌，同樣是此文重要的隱喻。提示著一個男人的責任，如何辛勤工作，養活全家。

早年祖父坐在那個用餐的位置，後來父親承傳下來。但時不我予，現代化碾米廠出現後，這類小型米絞間逐一式微。但他們在用餐時，仍難免想到往事種種。每年初一十五，母親繼續虔心地祭拜父親。家裡依舊保留著，父親吃飯時常坐的鐵椅。

透過此一儀式，作爲懷念先輩和對過往生活的敬意，本文隱隱透露了，家族珍惜過往的美好。——劉克襄

得獎感言

首先感謝父親，你的存在及不在，形塑了我的一生。這篇短文與文中所述的椅子，皆是對我們共同生活的紀念。並感謝評審及主辦單位的鼓勵，藉著此作獲獎刊登的機會，也是讓寡言的父親，得以化身文字，結識更多讀者。

評審推薦作

人齊食飯

鄭介文

圖／許茉莉

作者簡介

師大附中、政大中文系、台大戲劇研究所，香港出生的台北國人。耽溺於生活細瑣的甜靜微光，卻在戲劇裡尋覓水裡來火裡去的刺激性歡快。曾獲台北新北台中宜蘭雲林教育部香港青年等十數文學獎。

弟弟唔識粵語，唯獨一句：爹地、媽咪、奶奶食飯。——前二者是英文，奶奶可算外省稱謂，獨獨「食飯」二字是廣東話。除此以外，他和奶奶溝通總是手腳並用。

學習語言必須模仿得來，學習禮數也是。香港人家講究規矩，三餐理當人齊就座。每當親朋聚會，屢屢是晚輩依循長幼次序一個個勸膳，三姨婆食飯、五舅公食飯、大姑媽食飯，諸如此類。若是回到我們屋邨一家五口，則是我先起頭，弟弟複誦，久而久之習慣成自然，幾乎深入血液骨髓。只見舊式屋邨兩百餘呎套間，正中支開一張四方摺檯供咱五人圍坐，弟弟不過兩歲大小，還沒學會自己食飯，就先學會勸人食飯，多麼使人欣慰。

遷居臺北後，弟弟頓時失了學習語言的環境，奶奶亦失了自主生存的技能，睇醫生電頭髮行街市，一旦沒有媽咪居中翻譯，則近乎無頭蒼蠅。尋常談天，奶奶是粵語問，我粵語答；爹地是粵語問，我國語答；媽咪是國語問，我國語答。單只「爹地、媽咪、奶奶食飯」一句沿襲下來，完全反射動作一般，彷彿不開口就不能開動。現今想來，那段日子爹地上班，而我上課，媽咪的粵語一聽即知是外地口音，這咒語一般的喃喃念白，成為奶奶召喚家鄉回憶的心靈鎖鑰。

那係一九九九，奶奶避開了非典，避開了新冠，搶在世紀末前仙逝，可謂離苦得樂；而我踏入了兵營，踏入了職場，樂是愈來愈遠，苦是近在眉睫，逐漸領悟世間萬般努力，不過是為此刻「上有加餐食」，換來往後「下有長相憶」。奶奶去後，我有意識地不再領頭喊人食飯，弟弟無從模仿，爹地沒有深究，咒語也就自此湮埋，因為我心裡明白，自己終究還是會下意識地脫口「爹地、媽咪、奶奶食飯」，而那一瞬，我也就不得不承認：我們一家五口，成了一家四口。

香港人家講究規矩，對於清明拜山爹地倒是十分洋派，牲果鮮花一概沒有，全憑心意。傳統臺式家庭看來興許覺得寒磣，然而每年掃墓，我自有自的祕密儀式，使我覺得富足——捻上一炷清香，心下默念一句「奶奶食飯」，同時暗暗張望弟弟一眼，期待他也有樣學樣，跟我複誦一遍。

評審推薦作

看魚

璐

圖／紅林

作者簡介

璐，依賴語言以及文字而生的有機物集合體。父親只在記憶裡出席，大學前都和母親及弟弟共享著家裡的長方形餐桌。經歷漫長的寫作倦怠期，目前正一邊接受國立政治大學日本語文研究所論文的磨礪、一邊展開舉步維艱的文學復健。

媽說，吃飯不要看電視。

看魚？她沒講，我們於是默認可以。

小學低年級，家裡的餐桌上擺了一陣子魚缸。魚缸，不是某邊緣呈波浪狀的透明容器、裡頭幾株水蘊草加上三兩隻魚的畫面。我發現描述時，需要跟同學特別強調：這是一個鋪了細石子的長方體，躺一截枕木，用來固定三盆不同的沉水植物的完整套組——附雙層過濾海綿並抽水馬達，牽一條電線，仔細避開電鍋及上菜路徑來到插座。饒是標榜可以三代同堂、一次圍坐八人的大長桌，自此以後都只剩一圈桌面，僅容個人食器堪堪擠著。家裡的晚飯，從此像是西餐廳般，一人一份；湯鍋則置於瓦斯爐上，各自吃完白飯，再拿碗到廚房添舀。

通常，爸跟我坐在靠牆的內側，媽挺著大肚子跟好動的弟坐在對面，出入更有餘裕些。中間，一方生態世界橫亙，我們養過孔雀魚、金銀球魚，最奢華的幾週，缸底有三隻蝦。倆孩每天派任不同的工作給自己，譬如誰負責數最大尾母孔雀魚尾巴上的斑，另一個就數今天咖哩中夾到幾塊雞肉，互拚速度。或者，即便經常挨唸，我和弟總也抗拒不了邊咀嚼飯菜、邊用湯匙筷子尖端輕戳玻璃，引導金球與銀球兩花色的魚分別回到己方「陣地」的玩興。偶爾我會問爸，為什麼極火蝦不用煮，看起來就跟海鮮烏龍麵裡的那隻一樣透紅透亮？再不然便是，媽用明顯不對勁的嗓音質問弟幹嘛在幼稚園扯女生頭髮？此時，往往會聽到他慌忙佯稱某魚看上去病懨懨的，試圖轉移注意力。

我們誰也沒想到，魚缸延緩了我的近視、弟的妥瑞氏症，還有爸媽語言裡的煙硝，卻依舊撐不到媽肚子裡的第三胎出生那天。從牙膏到孩子的教育，我和弟在每日漸響的爭執聲中醒來，看媽默默將三人份的行李打包好，終於在某個黃昏，放上搬家公司的貨車，駛離老家熟悉的巷尾。

媽說根據判決書，我們跟她住。

弟問，那魚缸呢？妳沒搬來，我們晚上吃飯要看什麼？

我們在後來公寓牆上那台聲光效果極好的電視找到了答案。

評審推薦作

閒閒跳

温琮斐

圖／蔡侑玲

作者簡介

畢業於台灣大學動物醫學研究所，在高雄執業的貓狗臨床獸醫師，也要認真養大女兒。

新婚時，我買了張六人柚木餐桌。每晚與妻對坐吃飯，常想像再多一個人的、鬧哄哄的飯廳，嚮往某種生活的模樣。

但要生孩子比聽說的還難得多，女兒真的出生，已經是五年後。

以為期待已久的日子終於要開始，沒想到馬上就遇到困難。女兒的胃口好小，我們得把她每天的熱量需求拆成很多份，點點滴滴的餵。餵奶時段零零碎碎的，我們的生活、我們的睡眠也都被切得零零碎碎。

但也不是小口、小口的給，女兒就埋單。她時常抗拒喝奶、掙扎推開妻的胸口。慌張的新手爸爸扮鬼臉、唱歌、吹口哨，都難以哄騙小女孩好好進食。該怎麼辦？我們反覆計算卡路里，糾結是否還得再提高餵奶頻率，直到那天。

那個傍晚，女兒照常上演著厭奶情節，我不知哪來的靈感，開始開闔跳。

她狐疑的看著爸爸、同時，居然好好的喝著奶。難道，開闔跳是讓飯（奶水）變得好吃（喝）的魔法？當時無計可施的我們是真的相信，只要我認真跳，她就會認真喝。從此，餵奶對我來說，是一種運動。

就這樣日復一日、蹦蹦跳跳一陣子，直到後來準備離乳，慢慢嘗試讓女兒自己抓一些原型食物吃、取代喝奶。那開闔跳還跳嗎？女兒忙著跟滑溜溜的紅蘿蔔條、小雞腿奮戰的時候，似乎也無暇觀賞模糊的父親了。一家人總算在餐桌上歸隊。

有時想起那個不斷重複的荒謬場面。我們花好多力氣、拚命原地跳躍，好像做了很多，但也想不起實際到底完成些什麼。或許我們也只是沿著荏苒的韶光，陪女兒慢慢長大。

某次晚餐，我忽然想起那段奇幻時光，問女兒有沒有印象，以前她喝奶的時候爸爸都會在旁邊彈跳？「妳還記得嗎？爸爸都會這樣跳跳跳……」我示範著標準的開闔跳。小女孩胡亂回答說她記得，模仿爸爸在餐桌旁蹦蹦跳跳、揮舞雙手。一家人在餐廳鬧哄哄的，不久，樓下的鄰居敲開大門，客客氣氣的，嫌我們太吵了。

二〇二四
第四屆台灣房屋親情文學獎 決審紀要

時間：二〇二四年五月十八日下午一點
決審委員：廖玉蕙、劉克襄、方梓、許悔之、鍾怡雯
列席：宇文正、王盛弘
王柄富／記錄整理

二〇二四年第四屆台灣房屋親情文學獎，以「親情——有你的餐桌」為題，共收到八三八篇來稿，扣除當中不符規定者八件後，八三〇件作品經由初複審委員凌明玉、林德俊、黃信恩、洪愛珠、林佳樺、林楷倫評選出當中的四十一件進入決審。初複審委員觀察，本屆作品較前三屆，題材更多元：不只有貼合主題去描繪飲食的作品，也有觸及同志議題、身分認同的書寫，包含不同族群，原住民、新住民與客家人文化，亦有台語文應用，凸顯了台灣飲食文化與家庭關係的豐富性。本獎項鼓勵全民書寫，來稿亦展現了素人寫作的樸實真摯與個人性，然技術層面較弱，結局也經常是可預測的「大和解」，故對主題有重新詮釋或者跳脫傳統的作品會更獲評審青睞。

決審委員共同推舉劉克襄擔任主席，主持會議流程。劉克襄首先請委員們發表整體審閱意見，並選出心目中不分名次的八篇作品，再逐一討論。

整體意見

鍾怡雯談到因為是定題寫作，出現了蠻多相似的作品，在「一起用餐」此一生活化的場景之中，她更想找到不同的書寫方式與題材，因此鍾怡雯以故事與技巧作為評判標準；因為文學獎畢竟是以文字作為表達，鍾怡雯希望作品至少要有最基本的文字表現技巧，在這前提下，她期待能夠把故事說得更多元的作品。

許悔之說明，就像電影《悲情城市》，在歷經了一切的波折之後，大家還是要回到圓桌吃飯，「餐桌」是家庭中家人最慣常聚會之處，一個家庭的凝聚力、感情與張力，或者是親族間的不堪之事，都集中在餐桌這個家庭的「演練場」。許悔之認為本次進入決審的作品，都文辭通曉，也頗有情境創造的能力，在八百字這麼短的篇幅裡，他希望回到最樸素的感受，來尋找感動他的作品——許悔之說，這些各種描寫飲食的文章之所以動人，終究是因為當中的「人」，是因為這些作者認真的思考過，並凝固了人與人之間那些可喜或可悲的時刻。

方梓說明她的評判標準，一是文字要好，二是要打動人。這次稿件的幾個特色是有原住民、有從山東來的奶奶，族群的不同就呈現了不同的飲食文化，她也從中看到了許多「另類的餐桌」，這種多面向的書寫讓她很享受：有的作品很感人，有的寫法較冷漠，但都折射出了社會的不同面貌。她也留意到有非常優秀的女性書寫，台語文的書寫也讓她很驚豔，期待以後能看到更多族群的書寫。

題目訂為飲食，廖玉蕙說明這樣的題材很家常，反而不容易寫好。所以在評選上，部分作品也許在文字上不夠完整，她也會因為情感上的動人而破格入選。廖玉蕙說，有趣的是本次稿件當中書寫的飲食，不只顯示地域的不同，也談到新時代的餐桌的不同，比如家人分散在世界上三個地方，透過視訊的方式來共餐；另外有一篇寫在海外的地震當中，作者寫「經過選擇的朋友」也是親人，這種另類的溫暖，也給了她非常愉快的閱讀經驗。

劉克襄談到閱讀這些作品的心得，說自己更傾心於一個另類的，不在餐桌前的、一個人的、不快樂的、異文化的、充滿幽微戲劇性的一類書寫。說明完各自的評審標準，主席劉克襄邀請評審們先一同選出八篇作品，不分名次，視票數決定是否進入下一階段的評審與討論。

第一輪投票

◎一票作品

〈緘默的餐桌〉（許）

〈奶奶哈飯囉〉（許）

〈室友〉（廖）

〈缺席的餐桌〉（劉）

〈餘溫〉（方）

〈愛のMukbang〉（廖）

〈孝一個孤孤〉（方）

〈葷外情〉（許）

〈人齊食飯〉（廖）

〈開闔跳〉（鍾）

〈圓桌〉（方）

〈椅子〉（劉）

〈看魚〉（方）

◎二票以上作品

〈Tmmyan〉（許、廖、劉、方、鍾）

〈禮祭〉（廖、劉、許）

〈狗母魚鬆〉（許、鍾）

〈等你吃飯〉（劉、鍾）
〈封菜〉（劉、鍾）
〈雪夜裡的年夜飯〉（廖、許、鍾）
〈外甥吃了我一整年的早餐〉（廖、鍾）
〈父親的筷子〉（劉、方、許、鍾）
〈炒飯ＳＯＰ〉（劉、方）
〈餐桌到門口的距離〉（廖、方）

〇票作品不列入討論，一票作品由各篇投票評審評議是否保留，進入佳作，二票以上作品則依次評議，列入最終評選、決定名次。

一票作品討論

許悔之所選的一票作品，有〈緘默的餐桌〉、〈奶奶哈飯囉〉、〈葷外情〉三篇。許悔之選擇保留〈奶奶哈飯囉〉，本篇以「老人牙口不好」切入，母親的廚藝讓奶奶感動地喊出了父親的乳名，這些描寫非常有畫面，頗似一個小型劇場，並且在幾百字當中這個劇場非常完整，從麵食凸顯了人的聯繫，讀起來讓人感動；鍾怡雯認為該篇顯示了一種台灣餐桌多元的關係，亦附議支持。〈緘默的餐桌〉、〈葷外情〉未獲其他評審附議，故放棄。

廖玉蕙選擇的一票作品，有〈室友〉、〈愛のMukbang〉、〈人齊食飯〉三篇。〈室友〉以失智的阿嬤依然惦念孫子的終生大事，心裡知道孫子與「室友」的關係而不反對，默默支持，委婉而深刻地寫出了阿嬤對孫子的疼愛，獲方梓、許悔之、鍾怡雯附議支持而保留。〈愛のMukbang〉則說明新時代的共食概念，也頗有代表性，多位評審附議後保留。〈人齊食飯〉則未得到評審附議而放棄。

方梓選擇的一票作品有〈餘溫〉、〈孝一個孤孤〉、〈圓桌〉、〈看魚〉四篇。〈圓桌〉

書寫人口遞減與人際關係的冷落，以瑣碎之事寫出家庭主婦的日常，餐桌被比喻成有圓有缺的月亮，文詞鮮活，在討論過後劉克襄附議支持，故保留。〈餘溫〉、〈孝一個孤孤〉、〈看魚〉三篇屬於較另類的作品，但無其他評審附議故放棄。

劉克襄投出一票的作品有〈缺席的餐桌〉、〈椅子〉兩篇。考慮過後，劉克襄主動放棄〈缺席的餐桌〉；〈椅子〉一篇劉克襄認為其寫法較典型，但文字很出彩，對「絞米間」這個空間結構的象徵，以及對地方農村風俗的描述都十分生動，他認為這種在絞米間吃飯的文化正在被遺忘，故對此篇格外珍惜。其他評審認為本篇讀下來，有主詞混淆之類的問題，結尾亦有畫蛇添足之嫌，但在討論過後，許悔之附議支持，故本篇保留。

鍾怡雯選擇的一票作品有〈開闔跳〉一篇，將「餵奶」的動作轉寫成一種另類的餐桌，有其特別的趣味性，但因文詞各方面較薄弱，無評審附議故放棄。

二票以上作品討論

〈Tmmyan〉

Tmmyan 是泰雅族的醃肉。這篇作品書寫原住民青年來到都市，在有室友同住的租屋處，炒出了一盤被回家後的室友罵說很臭的 Tmmyan，方梓說明這個「臭」諷刺了漢人對原住民的歧視，也飽含了這個青年對自己家鄉與族群的想念，點出了食物鄉愁與族群差異。廖玉蕙認為本篇是老練寫作者的作品，文辭俐落、點到為止，最後「隨時間發酵出的酸鹹滋味，和焦糊小米粒的微苦，此刻嘗起來像眼淚。」一句，廖玉蕙與鍾怡雯都稱讚實在寫得太好。許悔之補充像「香的咧！」這種口吻的小細節，樸實地裝載了一位原住民青年的情感，在他心中本篇擺在第一。劉克襄亦表達對這篇的喜愛，但據他印象，Tmmyan 應該不會拿來炒，這個料理方法會讓他對於作者的身分有些疑慮，其他評審則認為這種料理方法或屬一種被漢人同化的現象。

〈禮祭〉

本篇透過日本文化中不能為人挾菜的用餐禁忌——以其相似於撿骨的動作——書寫了主角與日本人身分的爺爺於餐桌間的互動。許悔之認為本篇的刺點在於文化差異，與理解彼此的艱難，是決審所有作品中張力最強的；廖玉蕙認為此篇寫出了一種相互體貼的遺憾，爺爺後來刻意請主角為他挾菜，又兩年後爺爺離世時，主角替他撿骨的動作，種種的描寫都令人動容；方梓則就稱呼討論，「爺爺」是否不適合作日本人的稱謂；劉克襄則認為本篇有短篇精緻的設計感，但讀起來又十分自然，故給予它高度的評價。

〈狗母魚鬆〉

本篇以狗母魚鬆的製作，重現了作者童年與母親在餐桌前的記憶。許悔之談到，在有限的環境下做可保存的滋味轉換的食物，這真是一代人的往事，作者的書寫保留住了這種溫暖，在本次作品中相當具有代表性。鍾怡雯亦稱讚本篇將日常生活的細節寫得不溫不火、恰到好處。廖玉蕙則批評本篇說教成分過多，比如「耳濡目染她做事的堅毅態度，無形中淬鍊出在課業及職場無往不利的幹勁」，這樣的描寫較無說服力。方梓亦同意此篇的寫法較接近作文，稍顯不自然。

〈等你吃飯〉

本篇描寫華人社會以男人為中心的餐桌樣態。鍾怡雯說明，「等你吃飯」這個題目會讓讀者以為是在等待一個沒有回來的親人，然而本篇卻是在等待做飯的母親來餐桌吃飯，這種諷刺的寫法讓鍾怡雯在閱讀上感到驚喜，雖然文字較簡單。劉克襄稱讚本篇作品是完整的典型溫暖故事，爭取將其列為佳作。方梓則認為這篇寫得太滿，建議作者適度留白，結尾的補述有些多餘。

〈封菜〉

本篇以一群農友在菜園內共餐的場境，書寫朋友情誼。鍾怡雯認為本篇的特別之處，在於顯示了一個農村生活的切片，尤其結尾以反問的方式點出，沒有血緣關係的一群人，一起吃了十幾年的飯，是不是也算得上是一種家人？透過這種反問，呈現了一種特殊情感；劉克襄認為在來稿作品中，他更喜歡這種平易近人的書寫，陌生人聚集起來拌嘴、共餐，這樣的感情也十分動人。廖玉蕙則認為文中部分字句較不精確，比如「彷彿間」、「不知所蹤」，都需要修正。

〈雪夜裡的年夜飯〉

本篇書寫作者在海外遭逢大地震後，與朋友圍爐相伴的情誼。廖玉蕙稱讚本文滿溢著友情的溫暖，在災難時刻能夠互相撫慰，「朋友是我們選擇過的親人」，這個收尾非常俐落動人，是她心目中的首獎；許悔之補充，這篇文章沒有誇大的情感，對生命的憐憫與陌生人相互的關懷，近於佛教的「同體大悲」，書寫上相當節制而富有層次，值得名列前茅；劉克襄則提出，有一個場景是作者擺了副空碗筷，為二十幾個圍爐的朋友講解華人的習俗，這個安排在情節、節奏上有點不自然，建議該段可以刪除。

〈外甥吃了我一整年的早餐〉

本篇作者描寫與一同生活的外甥一起吃早餐的過程，記錄了成年人與青春期晚輩相處的轉折與情誼。廖玉蕙認為本篇題目的特別之處，已點出了舅舅外甥之間那種相處的尷尬，全篇緊密扣題，文筆自然可喜；鍾怡雯則補充，一般人會說「沒有人教我怎麼做一個爸爸、媽媽」，但這篇很有趣的說法是「沒有人會教人怎麼當一個舅舅」，在他們共餐的過程中，作者的書寫也深入了舅舅與外甥兩個世代的差異，因此她給這一篇豐富的作品高度評價。

〈父親的筷子〉

本篇書寫爸爸業餘從事義消救火，而在年夜飯中途離開餐桌的情節。方梓稱讚本篇文詞簡潔，卻相當具有小說的畫面感，以筷子作為一種位置的象徵，也很寫實地描摹我們不熟悉行業的家庭，在年夜飯時的場景；許悔之認為這是此次決審稿件中，極少數將自己的情感壓到最低的作品，只是樸實無華的點出父親的動作，初讀時會感覺文字較粗糙，但再讀一次卻能因此深刻地感受到平凡生命中的不凡。鍾怡雯稱讚本篇作品的書寫能夠把握焦點，用情節代替感情，以細節堆出畫面，也讓她給了這篇作品前幾名的評價。

〈炒飯SOP〉

本篇書寫一個媽媽教導盲人兒子做飯的過程，方梓認為本篇作品的題材很特別，但書寫很平實，並沒有強調母親多愛這個兒子，也沒有過分誇張的強調盲人的困境，但母子間的互動實在讓人感動。劉克襄稱讚本篇書寫母親教導他的過程非常生動，也帶我們認識了盲人在廚房這個空間裡的處境；廖玉蕙補充，她讀到本篇的結尾，作者忽然明白父母能陪伴自己的日子，「不管多久，其實，都沒有多久。」一句時，已經泫然欲泣，這樣的作品確實感動人。

〈餐桌到門口的距離〉

廖玉蕙認為本篇相當有意思，作者透過幾句話在出門前從餐桌到門口的這段距離，審視了家庭裡與家人的關係，文字非常俐落，也不囉嗦，年輕人的形象非常瀟脫；方梓表示她非常喜歡本篇中對生活疲乏的描述，表現了年輕人懶得和長輩多說話的疏離的感覺，卻也在周而復始的對話裡，呈現了一種特別的家庭的溫馨；劉克襄則覺得文中有些對話較為刻意，比如在早上這個要出門的時段，父親還在嘮叨孩子的婚姻大事，這個安排稍顯不自然。

第二輪投票

以上十篇作品經逐篇討論後，主席劉克襄邀請評審們進行第二輪投票，各自選出前五名，分別給予5至1分（第一名5分，依次遞減）。

〈Tmmyan〉 22分（廖4、劉4、方5、許5、鍾4）

〈禮祭〉 9分（廖3、劉3、許3）

〈狗母魚鬆〉 1分（許1）

〈等你吃飯〉 1分（鍾1）

〈封菜〉 2分（鍾2）

〈雪夜裡的年夜飯〉 12分（廖5、劉2、許2、鍾3）

〈外甥吃了我一整年的早餐〉 2分（廖1、方1）

〈父親的筷子〉 18分（劉5、方4、許4、鍾5）

〈炒飯SOP〉 3分（劉1、方2）

〈餐桌到門口的距離〉 5分（廖2、方3）

依據統計結果，〈Tmmyan〉榮獲首獎，〈父親的筷子〉為二獎，〈雪夜裡的年夜飯〉

為三獎。

其餘七篇〈禮祭〉、〈狗母魚鬆〉、〈等你吃飯〉、〈封菜〉、〈外甥吃了我一整年的早餐〉、〈炒飯SOP〉、〈餐桌到門口的距離〉，以及第一輪投票獲得一票並受保留的五篇作品〈奶奶哈飯囉〉、〈室友〉、〈愛の Mukbang〉、〈圓桌〉、〈椅子〉，共十二篇作品並列佳作。

〈人齊食飯〉、〈看魚〉、〈開闔跳〉三篇則列為評審推薦作，雖無獎金，將另行見刊家庭版，並收錄作品集。

二〇二四第四屆台灣房屋親情文學獎徵獎辦法

宗旨：培養閱讀風氣，鼓勵愛好文學人士創作，發掘親情各種樣貌。

主辦單位：台灣房屋、聯合報

文類、字數：散文，五〇〇～八〇〇字為限。

書寫主題：親情——有你的餐桌

獎額：

首獎一名，獎金三萬元

二獎一名，獎金二萬元

三獎一名，獎金一萬元

佳作十二名，獎金各五千元

應徵條件：

凡具備中華民國國籍者均可參加，唯須以中文寫作。

應徵作品必須未在任何一地報刊、雜誌、網站發表，已輯印成書者亦不得再參賽。

注意事項：

一、每人以參賽一篇為限。

二、作品須以電腦打字，格式為直式橫書、word新細明體十二級字，A4列印，一式五份，文末請註明字數；不合規定者，不列入評選。

三、來稿請以掛號郵寄（二二一六一）新北市汐止區大同路一段三六九號四樓，收件人請寫「聯合報副刊轉『台灣房屋親情文學獎評委會』」，由私人轉交者不列入評選。

四、作品紙張切勿填寫個人資料，請以另一A4紙打字，註明投稿篇名、真實姓名（發表可用筆名）、聯絡地址、電話號碼、e-mail信箱、個人學經歷。

五、參賽作品及資料請自留底稿，一律不退。

六、徵件日期為二月一日至三月三十一日止（以郵戳為憑、逾期不受理）。

評選規定：

一、初複選作業由聯合報聘請作家擔任；決選由聯合報聘請之決選委員組成評選會全權負責。

二、作品如未達水準，得由評選會決議某一獎項從缺，或變更獎項名稱及獎額。

三、所有入選作品，主辦單位擁有公開發表權以及不限方式、地區、時間之自由利用權。得獎作品將刊登於聯合報家庭版（包括 udn 聯合新聞網，並收錄於聯合知識庫）及台灣房屋親情文學獎臉書粉絲團，日後集結成冊發行及其他利用均不另致酬。

四、徵文揭曉後如發現抄襲、代筆或應徵條件不符者，由參賽者負法律責任，並由主辦單位追回獎金及獎座。

五、徵文辦法若有修訂，得另行公告。

收件、截止、揭曉日期及贈獎：

收件：二〇二四年二月一日開始收件，至二〇二四年三月三十一日止。（以郵戳為憑、逾期不受理）

揭曉：預計二〇二四年六月底前得獎名單公布於聯合報家庭版。

贈獎：俟各類得獎人名單公布後，另行通知贈獎日期及地點。

詳情請上：

台灣房屋親情文學獎臉書粉絲團

https://www.facebook.com/familylovewrite/

或洽：

peiying.chen@udngroup.com

(02)8692-5588 轉 2235（下午）

特別感謝 · 內頁插畫

陳佳蕙

喜花如

Betty est Partout

王孟婷

黃鼻子

陳完玲

無疑亭

Dofa

PPAN

Sonia

林蔡鴻

韋帆

想樂

豆寶

錢錢

許茉莉

紅林

蔡侑玲

聯副文叢
愛，是我們共同的語言4
第四屆台灣房屋親情文學獎作品合集

2024年8月初版 定價：新臺幣200元

編者	聯經編輯部
叢書主編	黃榮慶
校對	陳姵穎
整體設計	烏石設計
編務總監	陳逸華
總編輯	涂豐恩
總經理	陳芝宇
社長	羅國俊
發行人	林載爵

出版者	聯經出版事業股份有限公司
地址	新北市汐止區大同路一段369號1樓
叢書編輯電話	(02)86925588轉5307
台北聯經書房	台北市新生南路三段94號
電話	(02)23620308
郵政劃撥帳戶第	0100559-3號
郵撥電話	(02)23620308
印刷者	世和印製企業有限公司
總經銷	聯合發行股份有限公司
發行所	新北市新店區寶橋路235巷6弄6號2樓
電話	(02)29178022

行政院新聞局出版事業登記證局版臺業字第0130號

本書如有缺頁，破損，倒裝請寄回台北聯經書房更換。 ISBN 978-957-08-7453-2 (平裝)
聯經網址：www.linkingbooks.com.tw
電子信箱：linking@udngroup.com

國家圖書館出版品預行編目資料

愛，是我們共同的語言4：第四屆台灣房屋親情文學獎作品合集/聯經編輯部編．初版．新北市．聯經．2024年．8月．136面．12.8×18.8公分（聯副文叢）
ISBN 978-957-08-7453-2（平裝）

863.55 113010432